D1729551

Titel der Originalausgabe:
You and Me
© 2005 Martine Kindermans
Packager: André Dahan www.andredahan.com

Deutsche Ausgabe:
© 2005 Brunnen Verlag
www.brunnen-verlag.de
© Text: 2005 Irmtraut Fröse-Schreer
Satz: DTP Brunnen
ISBN 3-7655-6789-2

Martine Kindermans

Du und ich

BRUNNEN

Das größte Glück, hör mir gut zu,

das sind wir beide, ich und du.

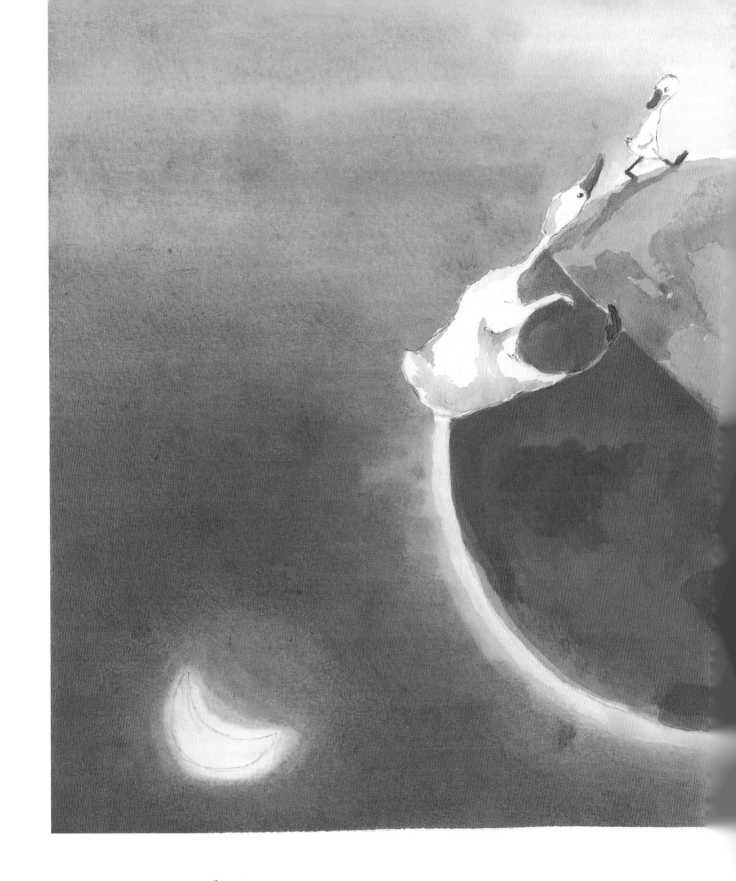

Ich folg dir um die ganze Welt,

weil's mir bei dir so gut gefällt.

Mit dir erklimm ich alle Höhen.

Hauptsache ist, dass wir uns sehen.

Spaziern wir zwei am Strand entlang,

erzählst du mir so allerhand.

Für mich scheust du gar keine Mühen,

sagst: „Setz dich nur hin, ich will dich ziehen!"

Les ich mein Buch im Liegestuhl,

gehst du schon vor zum Swimmingpool.

Wie herrlich ist die Sommernacht

mit dir unter der Sternenpracht!

Auch unterm größten Baum der Welt

zählt nur, dass deine Hand mich hält.

Wie wacklig diese Brücke ist!

Egal, wenn du nur bei mir bist!

Geht mal was schief, machst du mir Mut.

Du ahnst ja nicht, wie gut das tut!

Der beste Freund, ganz ohne Frage,

bist du, den ich nach Hause trage.

Dort ruhn wir aus von unsrer Reise,

umarmen uns – ganz zart und leise.

Am Morgen gehn wir, sicherlich,

gemeinsam weiter: du und ich.